絵本 かがやけ詩
かんじる ことば

レモン

小池昌代 編　　村上康成 画

レモン

はたちよしこ

レモンは
遠くへ　行きたいのです

うすく切れば
それがわかります

うすく切れば
いくつもの　車輪《しゃりん》

いい香《かお》りをふりまいて
車輪　車輪　車輪

レモンは
遠くへ　行きたいのです

うんちの　ゆげ

吉川さおり

朝、
うんちを、した。
りっぱな、うんちだった。
水を　ながそうとしたら、
うんちから、
ゆげが
でていた。
わたしは、
びっくりしてしまった。

ある時

山《やま》村《むら》暮《ぼ》鳥《ちょう》

木《もく》蓮《れん》の花が
ぽたりとおちた
まあ
なんという
明るい大きな音だったろう

さようなら
さようなら

林

姜《カン》 恩《ウン》喬《ギョ》
茨木《いばらぎ》のり子《こ》・訳

一本の木が揺《ゆ》れる
一本の木が揺れると
二本めの木も揺れる
二本めの木が揺れると
三本めの木も揺れる

このように　このように

ひとつの木の夢は
ふたつめの木の夢
ふたつめの木の夢は
みっつめの木の夢

一本の木がかぶりを振《ふ》る
横で
二本めの木もかぶりを振る
横で
三本めの木もかぶりを振る

誰《だれ》もいない
誰もいないのに
木々たちは揺れて
かぶりを振る

このように　このように
いっしょに

夕立ち

工《く》藤《どう》直《なお》子《こ》

夕立ちは
豪快《ごうかい》な　おふくろである
地球を　ごしごし洗う
おふくろである

畠《はたけ》の黒い土から湯気《ゆげ》がのぼり
地球は
湯上りの　いい顔である

びょうき

秋《あき》原《はら》秀《ひで》夫《お》

ひとりで　ねていると
いろいろな　おとが
きこえてきます

まどを　あける　おと
でんきそうじきの　おと
すいどうの　みずの　おと
おさらを　ならべる　おと

いえ　ぜんたいが
おーけすとらの　ように
おとを　だしています

イナゴ

まど・みちお

はっぱにとまった
イナゴの目に
一てん
もえている夕やけ

でも　イナゴは
ぼくしか見ていないのだ
エンジンをかけたまま
いつでもにげられるしせいで…

ああ　強い生きものと
よわい生きもののあいだを
川のように流れる
イネのにおい！

コスモス

大《おお》橋《はし》政《まさ》人《ひと》

白いコスモスを
じっと見ていて
それから
赤いコスモスを見ると
赤いコスモスが
とってもきれいに見える

赤いコスモスを
じっと見ていて
それから
白いコスモスを見ると

白さが
もっと白くなったような気がする

目をさます

マイケル・ローゼン
谷《たに》川《かわ》俊《しゅん》太《た》郎《ろう》・訳

目をさます
ぼくはぼくじゃない
からだがない
重さもない
足がない
腕《うで》もない
ぼくはぼくの心の海にいる
自分の脳《のう》のまんなかにいる
ぼくはなにもない海に浮《う》いてる

でもそれはただ一度
まばたきするあいだだけ

そしてそれから
もとにもどる
重さがいっぱい
頭もいっぱい
からだもいっぱい
ほらね
おはよう

くうきと　あくしゅ

なついみわこ

かえりのとき、
せんせいと
あくしゅ　しようとしたら、
せんせいは、いそがしそうに、
なにか　かいていた。
うるさくすると　わるいので、
だまって、
せんせいのまわりの
くうきと　あくしゅした。

すいか

神《かん》沢《ざわ》利《とし》子《こ》

すいかのなかは
いつも
ゆうやけ
なつのうみ
くろいこどもが
およいでる

ジーンズ

高《たか》橋《はし》順《じゅん》子《こ》

ジーンズを洗って干した
遊びが好きな物っていいな
主《ぬし》なんか放っといて歩いていってしまいそう
元気をおだしってジーンズのお尻が言ってるよ
このジーンズは
川のほとりに立っていたこともあるし
明けがたの石段に坐《すわ》っていたこともある
瑠璃《るり》色が好きなジーンズだ
だから乾《かわ》いたら
また遊びにつれてってくれるさ
あいつが　じゃなくて
ジーンズがさ
海にだって　大草原にだって
きっと

未明

大《おお》木《き》 実《みのる》

ぼくが目をさますまえに　誰《だれ》かがもう
あさがおを咲かせている
ぼくが目をさますまえに　誰かがもう
かなかなを鳴かせている

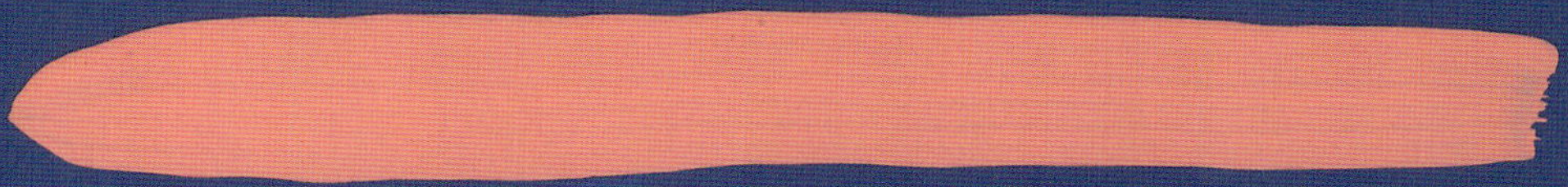

目をさましたぼくは庭にでて
誰かが咲かせていった
あさがおの花をけさも視《み》る

目をさましたぼくは木のしたで
誰かが鳴かせていった
かなかなの声をけさも聴《き》く

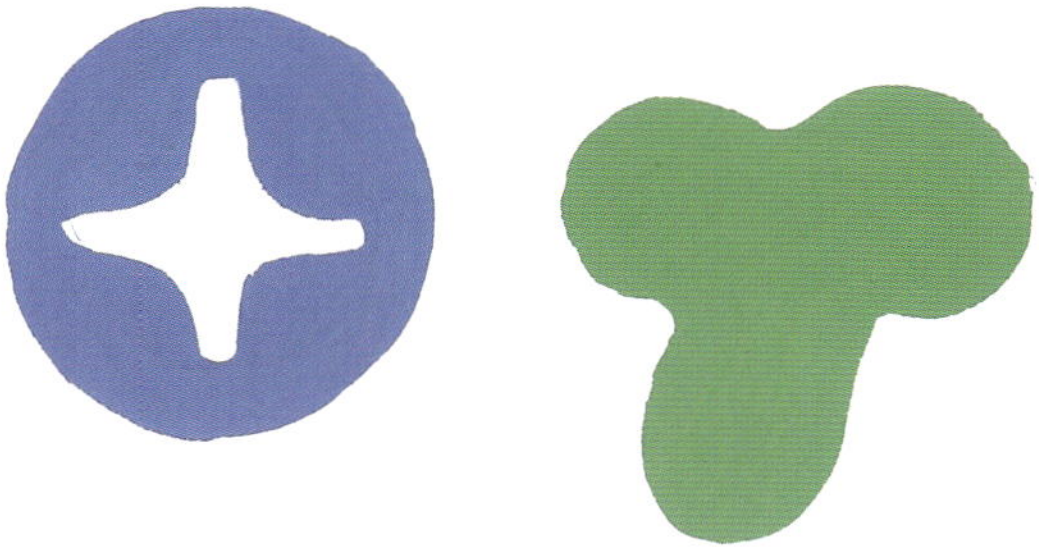

まっくら

矢《や》崎《ざき》節《せつ》夫《お》

だれも　いない　へやに
ひっそりと
まっくらが　やってくる
まっくらは
どんどん
ふくらむ
へやじゅう
いっぱいに　なる
まっくらけに　なる

だれも　いない　へやに
ぱちっと
でんきを　つける
まっくらは
きゃっと
ちぢまる
へやじゅう
がらんと　なる
あかるく　なる

てがみ

岸田《きしだ》衿子《えりこ》

どうしていますか
こちらは　まひるの星が出ています
つかれましたか
もうじき　新しい椅子《いす》が届きますよ
いま　南に向いた岬では
さやえんどうの出荷です
午后《ごご》は　雨です
なに色の傘さして　でかけますか
夕かた　林の道の奥で
オーボエがなるのを聞くでしょう

沼と風

八《や》木《ぎ》重《じゅう》吉《きち》

おもたい
沼ですよ
しずかな
かぜ　ですよ

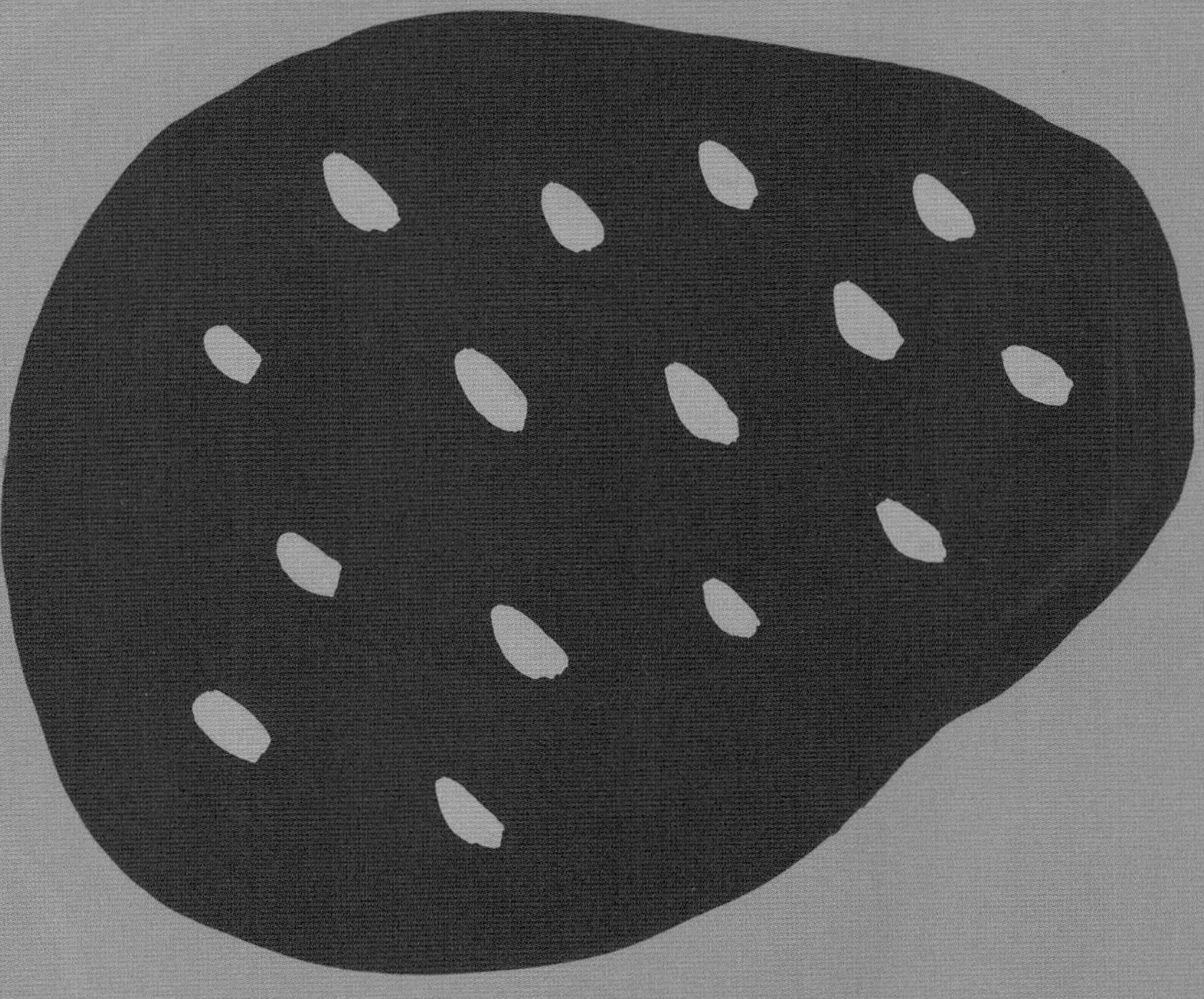

あめの　日

八《や》木《ぎ》重《じゅう》吉《きち》

しろい　きのこ
きいろい　きのこ
あめの日
しずかな日

かわ

谷《たに》川《かわ》俊《しゅん》太《た》郎《ろう》

どこからきたの　かわ
はっぱのうえから　きたの
いわのあいだから　きたの
そらから　きたの

だれとあそぶの　かわ
やまめやせきれいと　あそぶの
こいしをころがして　あそぶの
ささぶねと　あそぶの

なにがすきなの　かわ
みずのみにくるしかが　すきなの
しぶきをあげるこどもが　すきなの
にもつをはこぶふねが　すきなの

どこへいくの　かわ
たにをすぎてむらへ　いくの
はしをくぐってまちへ　いくの
おおきくなってうみまで　いくの

にぎる

松《まつ》下《した》育《いく》男《お》

にぎる　っていうことばは
しっているよね

そのものにせっしょくして
つつみこみ
ちからをこめる　ことだね
で
そのにぎられるものの　おおきさ
つよさによって　ぼくはいつも
ちからを
かげんするんだ

このよで　もっとも
やわらかいものを
にぎるときは

ゆっくりとちからを　そのもののひょうめんに
つたえ
おしかえしてくる　かすかな　いきるちからを
うけいれながら
じぶんのほうへ　すこし
しりぞくこと
なんだ

にぎるものと　にぎられるものが
やわらかくくいこみながら　べつのせかいへ
そのまま
にぎられてゆく

ということかな　きみの
てをにぎると　いうことは

小池昌代さんからの手紙

「レモン」

レモンは、あこがれをかきたてる果物です。あの、尖《とが》った酸《す》っぱさ。鮮《あざ》やかな色。そして優雅《ゆうが》な紡錘形《ぼうすいけい》。沈黙《ちんもく》しているその姿に、様々な想像がかきたてられます。

この詩は断定から始まりますね。レモンは遠くへ行きたいのだ、うすく切ればそれがわかると。言われてみると、そんな気がする。車輪、車輪、車輪と、涼《すず》しい音も聞こえてくるでしょう。輪切りのレモンに心をのせて遠くへ行きたいのは、実は、わたしたちのほうなのかもしれません。

「うんちの ゆげ」

自分のからだがつくったものでも、いったん、身からはなれてしまうと、それはもうどこか、自分のものではありません。うんちのことです。作者の少女が目をみはって驚《おどろ》いているのは、うんちというより、そこにいきなり現れた「存在感」だったのかもしれませんね。そこからたちのぼる「ゆげ」を見つめる目は、あまりにまっすぐで透明《とうめい》なので「汚《きたな》い」などという言葉をはじき飛ばしてしまいます。うんちのゆげって、生きていることの「証《あかし》」のようです。

「ある時」

さようなら。さようなら。この別れの言葉自体が、地面に舞《ま》い落ちていく花のようです。落下の音を、作者の暮鳥《ぼちょう》は、「まあ、なんという、明るい大きな音」と、きわめておおざっぱな言い方をしています。この言葉のゆるさは、この詩の底のなさにも通じるものです。

花の落ちる音を聞いたことがありますか。どうぞ、想像してみてください。宇宙に響《ひび》く、そのかすかな轟音《ごうおん》を。

「林」

読み終わっても、終わった感じがしない詩です。波動の余韻《よいん》が長くあとを引く。最初の木の揺《ゆ》れが、少しずつ伝わっていき、林全体は、いつしかうなばらのよう。気がつけば、わたしも揺れている一本の木。

沈黙《ちんもく》のざわめきに耳をすませてみてください。このように、このように、生命はずっとつながっていくのでしょう。作者の姜《カン》 恩喬《ウンギョ》は、韓国《かんこく》で生まれた女性詩人です。

「夕立ち」

なんて豪快《ごうかい》でしょう。夕立ちも、この詩も。大きな袋《ふくろ》ですね、おふくろって。地球ぜんたいが入ってしまう。

読んだあと、こころがつるつるになって、お風呂《ふろ》上がりみたいな気分になりました。

「びょうき」

病気がだいぶよくなっても、まだねていなさいと言われ、きょろきょろと部屋のなかを見回していた経験はありませんか。微熱《びねつ》を帯びた幸福な時間。詩はそんな時間に、ふっと宿《やど》るものです。そんなとき、普段《ふだん》は気にもとめない日常の音が、思わぬ大きさで感覚にせまってくる。からだはまだ衰弱《すいじゃく》しているのに、神経が立っているせいでしょう。

日常とは、こんなにも様々な物音で成り立っていたのだったか。その豊かさに気づくチャンスと思えば、たまに風邪《かぜ》をひくのも悪くありません。

「イナゴ」

弱くて小さなイナゴ、大きくて強い「ぼく」。三連目に、そのあいだを流れるイネのにおいが出てきますね。鋭《するど》くてあたたかい、そのにおいをどうぞ、想像してみてください。

視覚から嗅覚《きゅうかく》へ、目から鼻へ、読者の意識が移ります。そのとき、イナゴと「ぼく」の大小は、なくなってしまう。見えなくなります。生きているという一点をもって、むきだしになった命と命が、はげしく、等しく、向かい合っているのです。

「コスモス」

美しいものは、それ一個だけで美しいのでしょうか。赤と白のコスモスは、それぞれが、たがいの美しさを支え、ひきたてあい、強めあっているようです。赤いコスモスがあるから白いコスモスが美しい。

美しさというものは、あらかじめあるものではなく、何かと何かが関係するなかに現れ、それをわたしたちの目が、発見あるいは創造《そうぞう》するものなのでしょう。

「目をさます」

目覚めたときほど、奇妙《きみょう》な一瞬《いっしゅん》はありません。半分はまだ、夢のなかにいます。「ぼく」はゼリー状の魂《たましい》のようなもの。その魂に、ひとつひとつ、肉が、目鼻が、ついてくる。「ぼく」がしだいに満ちてくるのです。

ほら、重くなってきたでしょ。そしてようやく目が覚めました。おはよう！

「くうきと　あくしゅ」

人の周りには、空気がとりまいています。その人に声をかけ、ふりむいてくれたら、その空気に気づくこともなかったでしょう。この詩を書いた子は、声をかけることを、ためらい、そしてあきらめた。その断念がふしぎなものの存在をこの子に教えました。人と人とを隔《へだ》てる空気。けれど、その空気がつくる距離《きょり》を意識してこそ、人と人は逆につながれるのではないでしょうか。

「うるさくすると　わるいので」と思ったことを、おとなびた気づかいと切り捨てないでください。いそがしい先生をまるで親のような眼《め》で見つめている。こんなふうに、こどもがおとなを包むこともあるんですね。そしてそう思った瞬間《しゅんかん》、この子と先生は、いつもとは違《ちが》う方法で、つながったのです。

「すいか」

こどもはすいかが大好きです。うっすら甘《あま》くておいしいし、赤・黒・緑の、色も鮮《あざ》やか。まん丸で重くて、まるでボーリングの玉のようです。そんなすいかが詩になりました。夏が待ち遠しいあなたへささげます。

「ジーンズ」

干してあるジーンズに詰《つ》まった思い出。おそらく楽しいことばかりではありません。哀《かな》しい記憶《きおく》もあったのでは。それに今、このひと、いささかしぼんでいるようです。

一ヶ所出てくる、「あいつ」が気になりますね。失恋《しつれん》と新たな旅立ちの詩と読むこともできます。でも、自分独《ひと》りでがんばるぞっていうのでもないんです。りっぱな自立心をちょっとだけずらしている。乾《かわ》いたら、ジーンズが遊びにつれていってくれるさと、ジーンズにちょっぴり寄りかかっているでしょう。そこがお洒落《しゃれ》で哀しくて。心がふっと軽くなるのです。

「未明」

自分が目覚めるずっと前から、世界はあった。続いていた。自分はそこへ、あとから参加する者であるという、つつましい認識が書きとめられています。いきものたちは、意志というより、誰《だれ》かの力によって生かされている。自分自身もまた。

そう感じるとき、花はいっそう、ひっそりと美しく咲き、かなかなの声は、いっそう、切実に聞こえてくる。そんな気がしませんか。

「まっくら」

電気を消したから暗くなったのではありません。「まっくら」が、いっぱいになったので、暗くなったのです。この詩を読むと、そんな暗闇《くらやみ》のにおいと肌触《はだざわ》りが、ふっと身の近くにせまってきます。いきものみたいに。

わたしたちはみな、生まれる前、おかあさんのお腹のなかの薄《うす》暗闇に、ぷかぷかと浮《う》かんでいました。暗闇が懐《なつ》かしいのはそのせいかもしれない。みな、「まっくら」のなかから生まれ、そこへ帰っていくのです。

「てがみ」

心のすきまに配達された、差出人不明の一通のてがみ。返事はいらないわと、行間から声が聞こえてきます。そもそも返事など、書きようもありませんね。受取人は、ばらばらなコトバに翻弄《ほんろう》されるばかりです。

けれど、この詩のユーモラスな奔放《ほんぽう》さは、暮らしのなかで、いつのまにかかたくさびついたねじをゆるめ、わたしたちを地面から、ほんの少しだけ浮《う》き上がらせてくれます。こどもより、疲《つか》れたおとなにこそ、この一編を。

「沼と風」「あめの　日」

天秤《てんびん》の皿の両側に、ふたつの詩を乗せてみましょう。秤《はかり》が揺《ゆ》れながら定まったところが、もっとも静かな沈黙《ちんもく》の位置。

どちらの詩も、白い画用紙に、白いクレヨンを使って描《か》いた絵のようです。「しずかな」という言葉が両方の詩に出てきます。この詩は言葉で書かれていますが、まるで言葉が、一個も使われていないように静かです。

「かわ」

この詩は、ほとんどの行が「の」で終わっています。「？」がついていないので、質問の「の」とも、答えの「の」とも読めます。つまり質問と答えが一行のなかに同時に響《ひび》いている。一行の流れは、やがてまとまり、一連の流れとなって、最後、一編の太い川に合流します。読み終わったあとも、わたしたちの心のずっと深いところを、流れ続ける一本の川。

「にぎる」

あくしゅという、ただそれだけの行為《こうい》を、これほど繊細《せんさい》に、これほど官能的《かんのうてき》に、かんがえぬいた詩を他に知りません。今までににぎった、様々な人の手の感触《かんしょく》が、てのひらのなかにあふれてきます。にぎり、にぎられる、その接触の、ちょうどまんなかであたためられているものを、「愛」という言葉で置き換《か》えようとして、わたしは迷います。その言葉は、詩のなかに一度も出てきませんから。でも感じるのは、やっぱり愛です。

編者・小池昌代（こいけ・まさよ）

東京都生まれ。詩人。
詩集に『もっとも官能的な部屋』（高見順賞・書肆山田）、短編集に『タタド』（題名作品で川端康成文学賞・新潮社）、
絵本の翻訳に『それいけしょうぼうしゃ』（講談社）『どうしたの』（あかね書房）などがある。

画家・村上康成（むらかみ・やすなり）

岐阜県生まれ。絵本作家。

創作絵本をはじめ、ワイルド・ライフ・アートなどのグラフィック関連やエッセイなどで独自の世界を展開。

ボローニャ国際児童図書展グラフィック賞、日本絵本賞大賞などを受賞。

絵本に『ピンクのいる山』（徳間書店）『星空キャンプ』（講談社）『くじらのバース』（ひさかたチャイルド）などがある。

	出典
レモン	はたちよしこ『レモンの車輪』銀の鈴社
うんちの　ゆげ	『詩だいすき 2年』エミール社
ある時	山村暮鳥『雲』日本図書センター
林	茨木のり子／訳編『韓国現代詩選』花神社
夕立ち	工藤直子『てつがくのライオン』理論社
びょうき	秋原秀夫『ちいさなともだち』銀の鈴社
イナゴ	まど・みちお『まど・みちお全詩集』理論社
コスモス	大橋政人『十秒間の友だち』大日本図書
目をさます	谷川俊太郎・川崎　洋／編訳『木はえらい――イギリス子ども詩集』岩波書店
くうきと　あくしゅ	『詩だいすき 2年』エミール社
すいか	神沢利子『おやすみなさい またあした』のら書店
ジーンズ	高橋順子『幸福な葉っぱ』書肆山田
未明	大木実『月夜の町』黄土社
まっくら	矢崎節夫『ぼくがいないとき』雁書館
てがみ	岸田衿子『あかるい日の歌』青土社
沼と風／あめの　日	八木重吉『秋の瞳』日本図書センター
かわ	谷川俊太郎『すき』理論社
にぎる	松下育男『きみがわらっている』ミッドナイト・プレス

※旧かなづかいは新かなづかいに改めました。　※作品掲載のご許可をいただくために手をつくしましたが、お二人のかた（吉川さおりさん／なついみわこさん）とは残念ながらご連絡がとれませんでした。お気づきのかたがございましたら、編集部あてにお知らせください。改めてご挨拶申しあげます。

絵本 かがやけ・詩　かんじる ことば　**レモン**

発　　行　2007年10月初版　2024年10月第７刷

編　　者　小池昌代
画　　家　村上康成
発 行 者　岡本光晴
発 行 所　株式会社 あかね書房
〒101-0065　東京都千代田区西神田3-2-1
電話　03-3263-0641（代）

デザイン　森 木の実
編集協力　苅田澄子
印 刷 所　株式会社 精興社
製 本 所　株式会社 難波製本

定価はカバーに表示してあります。

落丁本、乱丁本はおとりかえいたします。

NDC911　40P　25cm　ISBN978-4-251-09252-6

あかね書房ホームページ　https://www.akaneshobo.co.jp

絵本 かがやけ詩
かんじる ことば

小池昌代 編

1 あそぶ ことば
かさぶたって どんなぶた
スズキコージ 画

2 かんじる ことば
レ モ ン
村上康成 画

3 いきる ことば
どっさりの ぼく
太田大八 画

4 みんなの ことば
うち 知ってんねん
片山 健 画

5 ひろがる ことば
かんがえるのって おもしろい
古川タク 画